DEC 17

Por qué zumban los mosquitos
en los oídos de la gente

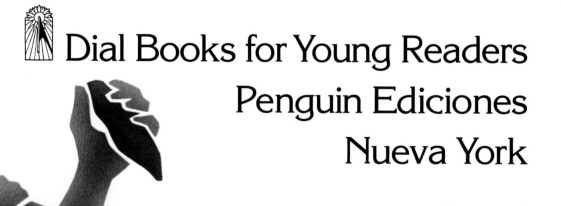

Dial Books for Young Readers
Penguin Ediciones
Nueva York

Por qué zumban los mosquitos en los oídos de la gente

Un cuento de África Occidental | adaptado por Verna Aardema

Ilustraciones de Leo y Diane Dillon

Traducción de Osvaldo Blanco

Publicado por Dial Books for Young Readers | Penguin Ediciones
Miembros de Penguin Group (USA) Inc.
345 Hudson Street | Nueva York, Nueva York 10014

Selecciones de color por Rainbows, Inc.
Producción por Warren Wallerstein
Diseño de Atha Tehon
Fabricado en China sobre papel libre de ácido
13 15 17 19 20 18 16 14 12

Library of Congress Cataloging in Publication Data
Aardema, Verna.
[Why mosquitoes buzz in people's ears. Spanish]
Por qué zumban los mosquitos en los oídos de la gente: un cuento
de África Occidental | adaptado por Verna Aardema;
ilustraciones de Leo y Diane Dillon; traducción de Osvaldo Blanco.
p. cm.
Summary: A retelling of a traditional West African tale that reveals
how the mosquito developed its annoying habit.
ISBN 978-0-8037-2298-9
[1. Folklore—Africa, West. 2. Animals—Folklore. 3. Spanish language materials.]
I. Dillon, Leo, ill. II. Dillon, Diane, ill. III. Blanco, Osvaldo. IV. Title.
PZ74.1.A24 1998 398.2 [E]—DC21 97-12726 CIP AC

Las ilustraciones para este libro se hicieron a todo color, utilizando acuarelas aplicadas
por medio de aerógrafo en rociado fino y por la técnica de salpicado, pintura al pastel
aplicada a mano, y tinta china. El efecto de las figuras recortadas se obtuvo recortando
las figuras en papel vitela y empleando frasquetas en diferentes etapas.

A Marcia VanDuinen,
quien escuchó esta historia primero

Una mañana, un mosquito vio una iguana bebiendo en un charco.

—Iguana —dijo el mosquito—, no vas a creer lo que vi ayer.

—Cuéntame —dijo la iguana.

El mosquito dijo:

—Vi a un granjero sacando batatas que eran casi tan grandes como yo.

—¿Qué es un mosquito comparado con una batata? —contestó bruscamente la iguana de mal humor—. ¡Prefiero estar sorda antes que escuchar semejante tontería! —Entonces se metió dos ramitas en los oídos y se marchó —*mek, mek, mek, mek*— entre los juncos.

La iguana estaba todavía refunfuñando cuando pasó cerca de un pitón.

La enorme serpiente levantó la cabeza y dijo:

—Buenos días, Iguana.

La iguana no respondió, sino que siguió su camino, meneando la cabeza… *badamin, badamin.*

—Vaya, ¿por qué no me hablará? —se preguntó el pitón—. Iguana debe estar enojada. ¡Me temo que está tramando algo contra mí! —Y empezó entonces a buscar donde esconderse. El primer lugar que encontró fue una madriguera de conejos y allí se metió… *uazauzzu, uazauzzu, uazauzzu.*

Cuando el conejo vio que la gran serpiente entraba en su madriguera, se asustó. Se escabulló por la parte de atrás y salió corriendo a toda prisa —*crik, crik, crik*— a través de un claro.

Un cuervo vio al conejo que corría como alma que lleva el diablo y echó a volar por la selva gritando: ¡*cra, cra, cra!* Era su deber dar la voz de alarma en caso de peligro.

Un mono oyó al cuervo y pensó que alguna fiera peligrosa rondaba cerca. Entonces, empezó a chillar y saltar —*quili uili*—

entre los árboles para avisarles a los otros animales.

El mono saltaba de una copa a otra de los árboles, cuando de repente se apoyó sobre una rama muerta. Ésta se rompió y cayó sobre el nido de una lechuza, matando una de las lechucitas.

Mamá Lechuza no estaba en casa. Aunque generalmente cazaba sólo de noche, esa mañana todavía se hallaba buscando un bocado más para sus hambrientos bebés. Cuando volvió al nido, encontró que uno de ellos estaba muerto. Los otros bebés le dijeron que el mono lo había matado. Durante todo el día y toda la noche Mamá Lechuza estuvo sentada en su árbol… ¡Oh, qué tristeza, qué tristeza!

Mamá Lechuza era quien despertaba al sol todas las mañanas para que llegara el amanecer. Pero esta vez, cuando llegó la hora de llamar al sol, Mamá Lechuza permaneció callada.

La noche se hizo cada vez más larga. Los animales de la selva se dieron cuenta de que la noche duraba demasiado. Empezaron a temer que el sol no volvería jamás.

Finalmente, el Rey León convocó a los animales a una reunión. Todos vinieron y se sentaron —*puom, puom, puom*— alrededor de una hoguera. Como Mamá Lechuza no apareció, mandaron al antílope a buscarla.

Cuando ella llegó, el Rey León le preguntó:

—Mamá Lechuza, ¿por qué no has llamado al sol? La noche se ha hecho muy larga, muy larga, y todo el mundo está preocupado.

—El mono mató una de mis lechucitas —dijo Mamá Lechuza—. Por eso es que no tengo ánimo para despertar al sol.

—¿Oyen eso? —dijo el rey a los animales allí reunidos—. El mono mató
la lechucita,
y ahora Mamá Lechuza no quiere despertar al sol
para que llegue el día.

Entonces, el Rey León llamó al mono, quien se presentó ante él, mirando nerviosamente de un lado a otro… *rim, rim, rim, rim.*

—Mono —dijo el rey—, ¿por qué mataste uno de los bebés de Mamá Lechuza?

—Oh, Rey —dijo el mono—, fue culpa del cuervo. Él gritaba y gritaba para advertirnos de un peligro. Y yo comencé a saltar entre los árboles con la idea de ayudar. Entonces, una rama se rompió bajo mi peso y cayó —¡*paaaf!*— en el nido de la lechuza.

El rey se dirigió al consejo:
—De modo que fue el cuervo
quien alarmó al mono,
quien mató la lechucita,
y ahora Mamá Lechuza no quiere despertar al sol
para que llegue el día.

Después, el rey llamó al cuervo. El gran pájaro llegó dando aletazos y dijo:

—¡Rey León, la culpa la tuvo el conejo! Lo vi corriendo en pleno día como alma que lleva el diablo. ¿No era ésta suficiente razón para dar la voz de alarma?

El rey asintió con la cabeza y dijo al consejo:

—De modo que fue el conejo
quien espantó al cuervo,
quien alarmó al mono,
quien mató la lechucita,
y ahora Mamá Lechuza no quiere despertar al sol
para que llegue el día.

Luego, el Rey León llamó al conejo. El tímido animalito se detuvo ante él, lleno de dudas, agitando una pata temblorosamente en el aire.

—Conejo —rugió el león— ¿por qué violaste una ley de la naturaleza y te pusiste a correr en pleno día?

—Oh, Rey —dijo el conejo—, fue por culpa del pitón. Yo estaba muy tranquilo en mi casa, cuando entró esa enorme serpiente, me asustó y salí corriendo.

El rey dijo al consejo:
—De modo que fue el pitón
quien asustó al conejo,
quien espantó al cuervo,
quien alarmó al mono,
quien mató la lechucita,
y ahora Mamá Lechuza no quiere despertar al sol
para que llegue el día.

El Rey León llamó al pitón, quien pasó deslizándose por delante de los otros animales… *uazauzzu, uazauzzu, uazauzzu.*

—¡Pero, Rey —protestó el pitón—, fue culpa de la iguana! No quería hablarme y yo pensé que tramaba algo contra mí. Cuando me metí en la madriguera del conejo, sólo trataba de esconderme.

El rey dijo al consejo:

—De modo que fue la iguana
quien atemorizó al pitón,
quien asustó al conejo,
quien espantó al cuervo,
quien alarmó al mono,
quien mató la lechucita,
y ahora Mamá Lechuza no quiere despertar al sol
para que llegue el día.

La iguana no estaba en la reunión porque no había oído el llamado.

El antílope había ido a buscarla.

Todos los animales echaron a reír cuando vieron llegar la iguana —*badamin, badamin*— ¡con las ramitas metidas todavía en los oídos!

El Rey León le sacó las ramitas… *purrup, purrup.* Entonces le preguntó:

—Iguana, ¿qué cosas has estado tramando contra el pitón?

—¡Ninguna! ¡Ninguna en absoluto! —gritó la iguana—. ¡Pitón es mi amigo!

—¿Entonces por qué no me saludaste esta mañana? —quiso saber la serpiente.

—¡No te oí! ¡Ni siquiera te vi! —dijo la iguana—. Mosquito me contó una mentira tan grande que no quise seguir escuchándolo, y me tapé los oídos.

—¡Ung! ¡Ung! ¡Ung! —rió el león—. ¡Por eso es que tenías ramitas en los oídos!

—Sí —respondió la iguana—. Fue por culpa del mosquito.

El Rey León dijo al consejo:

—De modo que fue el mosquito
quien fastidió a la iguana,
quien atemorizó al pitón,
quien asustó al conejo,
quien espantó al cuervo,
quien alarmó al mono,
quien mató la lechucita,
y ahora Mamá Lechuza no quiere despertar al sol
para que llegue el día.

—¡Castiguen al mosquito! ¡Castiguen al mosquito! —gritaron
todos los animales.

Cuando Mamá Lechuza escuchó eso, quedó conforme. Volvió

la cabeza hacia el este y empezó a ulular:

—¡Buu! ¡Buuuuu! ¡Buuuuuuu!

Y salió el sol.

Mientras tanto, el mosquito lo había oído todo desde un arbusto cercano. Se metió por debajo de una hoja ondulada —*zimmm*— y nunca lo encontraron para llevarlo ante el consejo.

Pero, desde entonces, al mosquito le remuerde la conciencia. Hasta el día de hoy va zumbando en los oídos de la gente:

—*¡Zzzzz!* ¿Todavía está todo el mundo enojado conmigo?

Y cuando hace eso, siempre recibe una pronta respuesta.

¡PAF!